Conch Tales

Shanea Strachan

Un livre de Storyshares

Facile à lire. Difficile à lâcher.

storyshares.org

Storyshares

Rêvant d'une nouvelle étagère dans la bibliothèque mondiale

storyshares.org
PHILADELPHIE, PA

ISBN # 9798885974387

storyshares.org

Sommaire

Chapitre Un

Corine se pencha sur le côté du bateau. Ses yeux en amande fixaient la silhouette de son oncle Elvis au fond de la mer. Elle suivait curieusement sa silhouette élancée alors qu'il vérifiait les cages à langoustes avec une lance à la main.

C'était leur tâche à la fin de la semaine. L'oncle de Corine était pêcheur de métier. Il comptait sur ses cages pour attraper des langoustes qu'il vendait au marché aux poissons local.

Le voyage en bateau jusqu'à l'endroit des cages était une aventure pour la jeune aspirante biologiste marine de 12 ans. Elle était curieuse de la vie marine et fascinée par la beauté et les mystères de la mer d'un bleu profond. Corine se demandait souvent ce qui se cachait sous la surface de la mer.

Elle se pencha encore plus pour mieux voir la surface. PLAF ! L'oncle Elvis émergea de l'eau, surprenant la jeune Corine en grimpant sur le côté du bateau. Il posa sa lance et un petit coquillage de conque vide.

"Les cages sont vides, on dirait qu'on a eu des intrus," dit-il.

"Des requins ?" demanda Corine.

"Non . . . des braconniers," répondit l'oncle Elvis.

L'oncle Elvis se dirigea vers la petite glacière à l'arrière du bateau et l'ouvrit. À l'intérieur, sur la glace, se trouvaient quatre vivaneaux jaunes, deux gorettes, et un gros mérou.

"Pas grand-chose pour le marché, mais assez pour nous remplir le ventre cette semaine," dit l'oncle Elvis en refermant la glacière.

Déçu par sa prise, il mit en marche le moteur du bateau pour retourner sur la terre ferme. Les étés à Congo Town, sur l'île d'Andros, étaient une période pleine d'aventures pour la jeune Corine. Elle était une fille de la ville qui attendait avec impatience de quitter la trépidante Nassau pour profiter des plaisirs simples de la vie dans le village avec son oncle.

Attraper des crabes et cueillir des prunes de cochon, des guineps et d'autres fruits locaux faisaient partie de ses activités préférées. Ce qu'elle aimait le plus, c'étaient les courtes promenades en bateau à seulement cinq miles au sud de l'île d'Andros. L'oncle de Corine vivait dans une petite maison bleue en bois sur pilotis. La maison se trouvait à environ quinze minutes en voiture du quai.

Chapitre Deux

Il était tard dans l'après-midi quand ils rentrèrent chez eux après leur journée en mer. L'oncle Elvis prit la glacière remplie de poissons et l'emmena dans la maison. Corine apporta le matériel de pêche qu'elle rangea dans un petit placard près de la porte. Fatiguée après une longue journée, elle se dirigea vers la salle de bain pour se laver.

L'oncle Elvis emporta la glacière dans la cuisine pour préparer le poisson pour le dîner. Il était un expert pour nettoyer les poissons. En un rien de temps, les quatre vivaneaux jaunes et les deux gorettes furent écaillés, découpés et nettoyés en portions. Ils furent ensuite assaisonnés et mis en sachets pour la semaine à venir. Il prit le gros mérou et le filet.

Il ne fallut pas longtemps avant que l'arôme de riz et pois au lait de coco, de bananes plantains frites, et de doigts de mérou remplisse l'air. Les doigts de mérou de l'oncle Elvis étaient le plat préféré de Corine, qu'il préparait en récompense après une longue journée en mer.

Le dîner fut servi avec un verre bien frais de Gullywash maison fait avec des noix de coco fraîches du jardin. L'oncle Elvis extrayait le jus et la pulpe de la noix de coco et les mélangeait avec du lait concentré et de la cannelle. Cette boisson sucrée était servie avec de la glace pilée, ce qui en faisait la fin parfaite pour ce délicieux repas.

Après le dîner, il était l'heure d'aller au lit. Corine attendait avec impatience les histoires folkloriques de l'île racontées par son oncle. Il donnait vie à ces contes avec son talent d'animation et son sens du théâtre. Alors que Corine était déjà au lit, l'oncle Elvis entra et lui tendit la petite conque qu'il avait trouvée plus tôt dans la journée. Corine était excitée, car les coquillages de conque étaient rares à trouver.

"C'est une...?" commença-t-elle à demander.

"Une conque," dit l'oncle Elvis, terminant la phrase de Corine. "Oui, c'est ça. Je n'en ai pas vu beaucoup par ici. Entre les braconniers et la migration, à voir la taille de ce coquillage, je pense que la conque est partie."

"Partie où ?" demanda Corine.

"On ne sait pas," dit l'oncle Elvis. "C'est un mystère, les conques disparaissent depuis des mois. On en trouve à peine dans ces eaux."

Corine poussa un cri de surprise et ses yeux s'agrandirent. Elle regarda le coquillage et le tint comme un précieux trésor.

"Je me souviens d'une époque où on pouvait ramasser des conques dans la baie. À l'époque, la conque coûtait 25 centimes au marché. Dans le temps, on trouvait des dizaines de coquillages de conque le long du rivage avec la plus grosse et la plus savoureuse viande de conque. Maintenant, la conque est juste un mets délicat dont on peut seulement rêver de manger à nouveau." L'oncle Elvis ouvrit un vieil album photo. "Regarde," dit-il en montrant à Corine des photos du vieux marché de la mer.

"Beurk, tu mangeais ça ? Dégoutant !" dit Corine.

"Tu n'as aucune idée de ce que tu manques. Si tu penses que mes doigts de mérou sont les meilleurs, tu adorerais ma conque cassée," rit l'oncle Elvis.

Corine feuilleta l'ancien album photo. "Oncle, c'est quoi ça ?" demanda-t-elle en pointant une photo d'une perle de conque.

"Ça, ma chère, c'est une perle de conque," dit l'oncle Elvis. "Un joyau rare. Pour trouver une Reine Conque avec une perle aujourd'hui, on pourrait prendre le reste de l'année de congé pour pêcher. En fait, si tu regardes de plus près dans ce coquillage, tu pourrais bien en trouver une."

Corine leva le coquillage vers la lumière du

ventilateur au plafond pour mieux voir à l'intérieur.
Alors qu'elle tenait la conque au-dessus de son
visage, de la poussière de mer tomba dans ses
yeux, rendant difficile de voir clair.

Chapitre Trois

Elle ouvrit de nouveau les yeux, et à sa grande surprise, elle était de retour sur le bateau de son oncle avec la conque. On distinguait à peine la terre, et l'oncle Elvis était introuvable.

"Oncle Elvis ? Où . . . où es-tu ?" appela-t-elle.

Corine regarda autour du bateau, espérant voir l'ombre de l'oncle Elvis au fond de la mer en train de vérifier les cages. Cette fois, l'eau en dessous était d'un bleu beaucoup plus foncé. Le bateau était au-dessus d'un grand trou bleu.

Elle savait que son oncle devait être au fond de la mer. Sa seule option était de plonger sous l'eau pour le chercher.

Sur le bateau se trouvait un équipement de plongée. Corine se prépara pour la plongée. Elle saisit la conque, sauta du côté du bateau et plongea dans le trou bleu.

Le monde sous-marin était magique, exactement comme elle l'avait imaginé. Dans le trou bleu, il y avait des bancs de poissons qui formaient une magnifique palette de couleurs sous la mer. Corine vit des raies manta, des tortues et même des requins. Les créatures ne prêtaient aucune attention à elle ; c'était comme si elle était invisible.

Alors que Corine poursuivait sa plongée, elle remarqua une grotte sous-marine non loin.

Son oncle Elvis pourrait-il être dans la grotte ? pensa Corine.

La courageuse fillette de 12 ans nagea vers la grotte, tenant toujours la conque dans sa main. Lorsqu'elle entra dans la grotte, la conque commença à briller, illuminant la grotte sombre d'une lumière néon violette. Corine pouvait maintenant voir à l'intérieur de la grotte. À sa grande surprise, elle vit des milliers de jeunes conques entourant une Reine Conque.

Les conques avaient migré dans le trou bleu pour échapper à la surpêche des braconniers. Corine avait involontairement résolu le mystère de la disparition des conques.

Corine remarqua qu'à l'intérieur de la Reine Conque se trouvait une magnifique grande perle de conque rose.

Alors qu'elle nageait vers la Reine Conque, elle fut arrêtée par Lusca. Lusca, un monstre marin, ressemblait à un énorme requin qui avait des tentacules de pieuvre au lieu de nageoires. Le monstre marin était si massif qu'il bloquait la vue de Corine sur la conque.

"Que fais-tu ici, enfant ?" rugit Lusca en colère.

"Je cherche mon oncle," répondit-elle.

Lusca était le monstre marin dont elle avait

entendu parler dans les contes folkloriques de son oncle. Lusca était connu dans la mythologie bahamienne pour attaquer les nageurs et les plongeurs et les entraîner dans les profondeurs du trou bleu, sans jamais être vus ni entendus à nouveau.

Est-ce que cela pourrait être le sort de son oncle ? Corine était inquiète à l'idée que son oncle puisse être l'une des victimes de Lusca. Elle fut surprise lorsque le gigantesque monstre marin proposa de l'aider à le trouver.

"Tu ne le trouveras pas ici. Tu ne trouveras aucun des tiens ici," dit Lusca.

Lusca, comme la plupart des créatures mythiques, était incompris. Elle était une protectrice des conques et voyait les humains comme une menace pour l'espèce. Le gigantesque monstre marin remarqua la conque dans la main de Corine.

"Que fais-tu avec ce coquillage ?" cria Lusca.

La grande bête marine rugit, secouant les coquillages dans la grotte. Les conques, effrayées, laissèrent tomber la perle de la Reine Conque.

Corine lâcha la conque dans sa main et nagea rapidement pour récupérer la perle. Alors que la conque tombait, la lumière à l'intérieur de la grotte commença à vaciller. Corine s'échappa de la grotte juste à temps avant que la grotte ne devienne complètement sombre. Elle avait échappé à la colère du monstre marin et récupéré la perle de conque.

Corine commença à remonter à la surface, mais elle remarqua Lusca nager rapidement vers elle au loin.

"Reviens ici avec cette perle !" cria le monstre marin.

Corine nagea vers la surface aussi vite qu'elle le pouvait jusqu'à ce qu'elle remarque un énorme hameçon dans son équipement de plongée. Elle leva les yeux et pouvait presque voir la surface. En haut, il y avait des bateaux et des hameçons autour d'elle. C'étaient les braconniers. Ils commencèrent rapidement à la remonter à la surface comme si elle était un gros poisson. Très vite, elle se retrouva en haut de l'eau entourée de bateaux étrangers et d'hommes en colère.

Corine retira ses lunettes pour prendre une bouffée d'air et enleva l'hameçon de son équipement.

"Tu n'es pas un poisson ! Que fais-tu dans nos eaux ?" cria l'un des braconniers.

Corine avait échappé à Lusca, mais elle était maintenant entourée de braconniers en colère. Corine tenait fermement la perle de conque alors qu'elle nageait pour se maintenir à flot. Il n'y avait nulle part où s'échapper. Les bateaux se rapprochèrent de Corine.

Chapitre Quatre

Juste au moment où l'un des braconniers allait l'attraper, un oiseau aux longues pattes ressemblant à un hibou courut sur l'eau, attrapant Corine. C'était un Chickcharney. L'oiseau mythique se déplaça rapidement sur l'eau, tenant Corine fermement avec ses courtes ailes.

Pas loin de la terre ferme, le Chickcharney fit un long saut à la surface de l'eau et déposa doucement Corine sur le rivage près d'un bateau. C'était le bateau de son oncle. Elle regarda à l'intérieur du bateau, espérant trouver une trace de l'oncle Elvis, mais il était toujours introuvable.

Le grand oiseau s'approcha de Corine alors qu'elle montait dans le bateau.

"Ne me fais pas de mal, je cherche juste mon oncle," dit Corine.

Le Chickcharney tourna la tête vers la gauche et courut vers la forêt. La nuit approchait. Corine savait qu'elle n'avait que deux options : retourner sur le bateau ou aller dans la forêt. La forêt semblait offrir une meilleure chance, alors elle se dirigea vers la direction où le Chickcharney s'était envolé.

Corine se fraya prudemment un chemin dans la forêt. C'était silencieux, seul le bruissement des arbres se faisait entendre. Alors qu'elle marchait, elle entendit des pas s'approcher d'elle ; c'était le Chickcharney. Corine se retrouva de nouveau face à face avec le grand oiseau.

Cette fois, le Chickcharney tourna la tête vers la droite. C'était sa façon de guider Corine à travers la forêt. Elle suivit le grand oiseau jusqu'à ce qu'elle tombe sur un petit camp installé pas trop loin dans la forêt. Là, en train d'allumer un feu, se trouvait son oncle.

"Oncle Elvis !" cria Corine avec excitation.

"Corine ?" répondit-il.

Elle courut vers lui et le serra dans ses bras, les yeux fermés.

"Je pensais ne jamais te revoir," dit Corine, soulagée.

"Qu'est-ce que tu racontes ?" demanda l'oncle Elvis. "Je n'ai été parti que quelques minutes."

"Je suis allée au fond de la mer dans le trou bleu pour te chercher, avec la conque," dit Corine. "Puis je me suis retrouvée dans cette grotte, oncle, et j'ai trouvé les conques, des milliers d'entre elles. J'ai même vu la Reine Conque, qui a laissé tomber sa perle. Je l'ai prise, puis Lusca a essayé de me la prendre.

"Alors j'ai nagé hors de la grotte, je suis remontée à la surface, et je me suis fait attraper par des braconniers. Puis le Chickcharney est venu courir sur l'eau et m'a sauvée et ramenée à terre. Je l'ai suivi dans la forêt, et je t'ai trouvé. Regarde, j'ai même apporté la perle de conque," expliqua-t-elle frénétiquement.

Corine ouvrit les yeux. Elle était de retour dans sa chambre, tenant la conque.

"Je pense que ça suffit pour ce soir," dit l'oncle Elvis. Il prit la conque et la posa sur la commode. "Bonne nuit, Corine, dors bien."

"Bonne nuit, oncle Elvis," dit-elle, et Corine s'endormit.